ESTE LIBRO
PERTENECE A:

- -

Papel certificado por el Forest Stewardship Council®

Primera edición: febrero de 2023
Quinta reimpresión: octubre de 2024

© 2023, Begoña Oro
© 2023, Penguin Random House Grupo Editorial, S. A. U.
Travessera de Gràcia, 47-49. 08021 Barcelona
© 2023, Keila Elm, por las ilustraciones

Printed in Spain – Impreso en España

ISBN: 978-84-488-6374-6
Depósito legal: B-22.421-2022

Compuesto por Keila Elm
Impreso en Talleres Gráficos Soler, S. A.
Esplugues de Llobregat (Barcelona)

BE 63746

El DRAGÓN de las LETRAS

ANA, EL DRAGÓN Y LA NUBE ASPIRADOR

Beascoa

AQUÍ HAY UN DRAGÓN...

PERO ¡NO ES UN DRAGÓN CUALQUIERA!
ES EL DRAGÓN RAMÓN Y ES ESPECIAL PORQUE...

¡ES EL DRAGÓN DE LAS LETRAS!

PERO HAY ALGO QUE HACE A **RAMÓN**
DISTINTO A LOS DEMÁS DRAGONES:
NO ES CAPAZ DE ECHAR FUEGO POR LA BOCA.

¡PARECE UN DRAMÓN!

PERO NO LO ES.

CADA VEZ QUE RAMÓN INTENTA ESCUPIR FUEGO, EN VEZ
DE FUEGO, ECHA UNA LETRA. ¡Y CON LAS LETRAS SE PUEDEN
VIVIR UN MONTÓN DE AVENTURAS Y RESOLVER TODO TIPO
DE PROBLEMAS!

TODO EL MUNDO LO SABE, Y AHORA, CUANDO ALGUIEN
TIENE UN PROBLEMA, LLAMA AL **DRAGÓN DE LAS LETRAS**.
Y LO MEJOR ES QUE RAMÓN SIEMPRE SIEMPRE
ACUDE AL RESCATE.

LO QUE NADIE SABE, NI SIQUIERA EL PROPIO **RAMÓN**,
ES QUÉ LETRA SALDRÁ.

(PASA LA PÁGINA Y LO AVERIGUARÁS).

¡AAAAAAAAA

—¡**AAA**H!
AN**A** EST**Á A**SUST**A**D**A**.

ARRIBA HAY UNA
NUBE RARA.
DA MIEDO.

—¡AYUDA, DRAGÓN
DE LAS LETRAS!
¡ESTA NUBE ES UN PELIGRO!

RAMÓN VUELA AL RESCATE.

¿QUÉ LETRA SALDRÁ DE SUS FAUCES?

RAMÓN SOPLA
Y SOPLA...
Y SALE...

¡UNA A!

ANA Y RAMÓN
SE AGACHAN.

¡QUÉ A MÁS ANCHA!

DE LA NUBE CAEN
COSAS RARAS.

CAE UNA VACA
¡Y UN ESCALADOR!
A

ESTA NUBE
NO ES NORMAL.

¿POR QUÉ NO SUELTA AGUA,
COMO LAS DEMÁS?

L**A** NUBE SE **A**LEJ**A**.

—¡V**A**MOS **A** VER
ADÓNDE V**A**!

RAMÓN Y ANA SE SUBEN
POR LA A Y SALTAN.

—¡ARRE, DRAGÓN! ¡A LO MÁS ALTO!

LA NUBE VA
A LA MONTAÑA Y...

¡ASPIRA CUATRO VACAS!

LA NUBE **A**SPIR**A** Y **A**SPIR**A**...

¡HASTA QUE NO QUEDA
NADA!
¡ESO ES LO QUE PASABA!

RAMÓN SOPLA Y SOPLA... Y SALE OTRA A.

Y EMPUJ**A LA** NUBE
UN POCO M**Á**S **ALLÁ**.

RAMÓN Y **ANA**
VUEL**A**N DETR**Á**S,

Y CU**A**NDO P**A**SA
POR EL L**A**GO,
¡**ZA**S!

EL DRAGÓN DE LAS LETRAS LANZA OTRA A

Y OBLIGA**A A LA** NUBE
A ATERRIZ**A**R.

¡SACA AGUA DEL LAGO!

LA NUBE **A**SPIR**A** Y **A**SPIR**A**...

Y **A**HOR**A** EST**Á** LLEN**A**
DE **A**GU**A**.

¡Y**A** NO ES UN**A** NUBE R**A**R**A**!
AHOR**A** SUELT**A**...

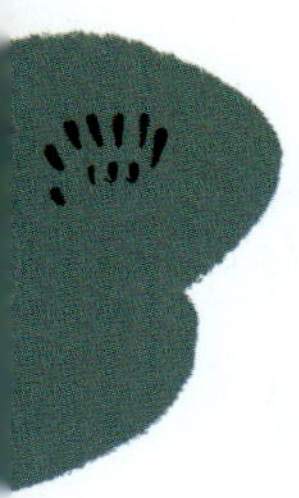

¡AGUA!

BUENO, **A**GUA Y...
UN P**A**TO... DOS R**A**N**A**S...
¡Y **A**QUELL**A**S CU**A**TRO V**A**C**A**S!

TOD**A**S SE HACEN **A**MIG**A**S

DEL DRAGÓN
RAMÓN Y DE ANA.

Y FELICES Y CONTENTAS
BAILAN BIEN MOJADAS.

¡APRENDE A DIBUJAR A RAMÓN!

DE ESTA NUBE SOLO CAEN COSAS QUE EMPIEZAN POR **A**. <u>SUBRÁYALAS</u>.

RELOJ   ARAÑA   ANILLO

BICI   ABUELO

PELOTA

¿TE ATREVES A INVENTAR UNA HISTORIA SOBRE ESTA NUBE? CUÉNTASELA A TU ABUELO, TU ABUELA O A ALGUIEN A QUIEN QUIERAS.

HAN CAÍDO ESTAS FRASES DE LA NUBE,
PERO ¡SE HAN DESORDENADO!

UNE CADA UNA  CON LA QUE
SUENE PARECIDA.

ANA VA A
LA COCINA.

¿DÓNDE ESTÁ
LA MERMELADA?

SE HARÁ UNA
TOSTADA.

ERA DE
MELOCOTÓN.

¡AY! SE LA COMIÓ
EL DRAGÓN.

TIENE UN HAMBRE
CANINA.

UNA A RECORTABLE

¿TE ANIMAS A HACER ESTA
MANUALIDAD CON RAMÓN?

¡RECORTA LA **A** Y PÍNTALA
CON TUS COLORES FAVORITOS!